NOTICE

BIOGRAPHIQUE ET LITTÉRAIRE

SUR

M. PETITOT.

a

NOTICE

BIOGRAPHIQUE ET LITTÉRAIRE

SUR M. PETITOT.

Nous remplissons un devoir cher et pénible en es-
quissant quelques traits de la vie d'un homme vertueux, d'un littérateur distingué, d'un collaborateur
savant et infatigable, d'un administrateur sage, pru-
dent et éclairé, qu'une mort prématurée a enlevé aux
lettres, à sa famille et à ses amis. Honoré seulement
depuis un petit nombre d'années de l'amitié de M. Petitot, combien ne regrettons-nous pas de l'avoir connu
si tard ! Aussi sommes-nous loin de nous dissimuler
tout ce qui nous manque pour faire connoître les rares
qualités dont il étoit orné, et pour rendre à sa mé-
moire une justice moins incomplète.

Cinq ans se sont à peine écoulés depuis que nous
témoignâmes à messieurs Petitot le désir de partager
quelques-uns de leurs travaux. Nous eûmes alors des
occasions plus fréquentes de voir et d'apprécier M. Petitot l'aîné. Il vivoit au sein d'une famille dont il
étoit la gloire et le bonheur ; dévoué à son Roi et à

a.

son pays, il les servoit sans relâche dans un des
premiers emplois de l'instruction publique. Consacré
aux lettres dès ses plus jeunes ans, il les cultiva toute
sa vie. Chaque jour, ses fonctions terminées, il se
hâtoit de rentrer chez lui pour puiser de nouvelles
lumières aux sources de notre histoire. Les recherches les plus vastes, qui auroient suffi pour occuper
uniquement plusieurs hommes laborieux, n'étoient
pour M. Petitot qu'un délassement, et ne l'empê-
choient pas de diriger lui-même l'éducation de ses
deux fils. Doué d'un esprit droit, juste et métho-
dique, il fut toujours l'ami de l'ordre; dans tous les
temps, comme sous tous les régimes, il professa des
doctrines saines en politique et en littérature : on le
vit résister également aux passions qui bouleversèrent
la société durant nos troubles politiques, et à cette
soif de la nouveauté qui voudroit substituer aux rè-
gles invariables du goût les écarts d'une imagination
vagabonde. M. Petitot ne prenoit pour ainsi dire aucun repos : il s'arrachoit au sommeil dès quatre heures
du matin, à l'exemple de ces hommes des siècles
passés, dont les travaux nous étonnent autant qu'ils
nous servent; et il trouvoit ainsi le moyen de faire
marcher de front l'accomplissement rigoureux des
devoirs de sa charge et les savantes occupations qu'il
s'étoit imposées. Le monde, au milieu duquel il avoit
d'abord vécu, lui faisant perdre un temps précieux,

il s'en étoit éloigné peu à peu, et il avoit renoncé à
ses distractions. Sa vie s'écouloit doucement auprès
des siens, avec ses livres et un petit nombre d'amis.
Sa conversation, calme et posée, étoit fine, spiri-
tuelle, concise, et embellie par les riches souvenirs
et les rapprochemens piquans que lui fournissoient
d'immenses lectures. Pourquoi faut-il qu'une mort
prompte soit venue trancher des jours si pleins et si
utiles? Que ne lui a-t-elle au moins permis de mettre
la dernière main au monument historique dont il
avoit déjà élevé la plus grande partie!

Claude-Bernard Petitot naquit à Dijon le 30 mars
1772. Il fit ses études au collége de cette ville : après
les avoir terminées, il vint à Paris en 1790, afin de se
livrer avec plus de facilité à son goût pour la littérature.

Il s'essaya d'abord dans le genre dramatique, et il
composa une tragédie d'*Hécube,* qui fut reçue au
Théâtre Français le 4 août 1792. Les répétitions
eurent lieu au mois de février 1793, mais la pièce ne
put être représentée. Les malheurs de la veuve de
Priam furent regardés, par les hommes qui venoient
de se souiller du plus grand des crimes, comme des
allusions faites à dessein à d'augustes et récentes in-
fortunes destinées à effacer toutes les autres, et
M. Petitot fut obligé de se dérober aux fureurs du
parti démagogique.

On a trouvé dans ses papiers quelques pages écrites vers 1804, dans lesquelles il fait le récit des circonstances qui se rattachent à la lecture de sa pièce. Il y peint ce premier désir de la gloire littéraire qui fermente dans un jeune cœur, et il y juge en même temps une première ébauche avec la maturité de l'homme fait. Nous aurions craint, en ne donnant qu'un simple extrait de ce morceau, d'affoiblir l'intérêt qui s'y attache; et comme ce sont les seuls Mémoires que M. Petitot nous ait laissés sur sa vie, ce fragment sera placé à la suite de cette Notice.

Obligé de fuir, M. Petitot trouva un asyle au milieu des camps. Les lettres l'y suivirent; elles lui adoucirent les fatigues de la guerre, et lui en dissimulèrent les dangers. Il portoit toujours avec lui les OEuvres de Virgile, d'Horace et de Boileau, et il nourrissoit son esprit avec ces modèles du goût.

La santé de M. Petitot, naturellement délicate, ne lui permit pas de faire plusieurs campagnes: il tomba malade, et fut réformé du service militaire. De retour à Paris, il coopéra à la rédaction d'un journal consacré spécialement à l'éducation et à l'instruction publique, et il continua de travailler pour le théâtre. Il fit jouer en 1795 une tragédie intitulée *la Conjuration de Pison*, qui n'obtint point de succès. Les journaux du temps ne dissimulèrent pas les défauts de cette pièce; mais ils citèrent plusieurs scènes fortes et bien conduites, et ils jugèrent le style digne de quelques éloges.

. La tragédie de *Géta*, donnée le 25 mai 1797, eut quatre représentations. *Laurent de Médicis* en avoit déjà obtenu douze, et le succès de cette pièce parois-soit assuré, lorsque le premier incendie de l'Odéon (en 1799) détruisit ce théâtre. Ces deux dernières tragédies sont imprimées.

M. Petitot a en outre composé une tragédie de *Rosemonde*, dont il a pris le sujet dans Alfieri; mais le cinquième acte appartient entièrement à l'auteur français. Cette pièce, restée manuscrite, n'a pas été représentée.

En 1800, M. Petitot, ayant été nommé chef du bureau de l'instruction publique du département de la Seine, contribua de tous ses efforts à la restauration de l'enseignement dans les lycées de Paris. C'est à lui principalement qu'on doit la reprise de l'étude de la langue grecque, abandonnée depuis la destruction de l'ancienne Université. M. Petitot eut aussi beau-coup de part au rétablissement du concours géné-ral; et comme la langue latine étoit négligée à cette époque, il crut devoir insister pour que le prix d'hon-neur fût décerné au discours latin.

. En 1804, M. Petitot se retira à Dijon, et il s'y maria, au mois de septembre 1805, avec mademoi-selle Saverot, fille de l'un des plus anciens et des plus savans jurisconsultes de cette ville (1). Cette union a fait toute la douceur de la vie de M. Petitot. Il demeura pendant plusieurs années dans son pays natal, au sein de sa nouvelle famille, entièrement occupé de travaux littéraires. Bien qu'il fût éloigné de Paris, il continuoit de fournir des articles pour le *Mercure de France* (2), à la rédaction duquel M. de Fontanes l'avoit appelé lorsqu'il avoit rétabli ce journal après les orages de la révolution.

Uni d'amitié avec M. Petitot, M. de Fontanes avoit trouvé chez lui un refuge à l'époque du 18 fructidor an v, quand l'élégant traducteur de Pope fut proscrit comme l'un des rédacteurs du *Mémorial*. M. de Fontanes n'oublia pas cette dette de l'amitié; et lorsqu'en 1808 il fut nommé grand-maître de l'Université, il fit conférer à M. Petitot les fonctions d'inspecteur général des études. En cette qualité, M. Petitot fut chargé de plusieurs missions importantes et difficiles, dont il s'acquitta avec ce zèle du bien qui le caractérisoit.

Le 20 mars 1815 ayant couvert la France de son voile funèbre, M. Petitot ne crut pas devoir conserver sa place : il résista à toutes les instances qui lui furent faites, et donna sa démission. Au retour du Roi il fut nommé secrétaire général de la Com-

(1) M. Saverot est aujourd'hui conseiller à la Cour royale de Dijon. — (2) Ces articles sont signés de la lettre initiale du nom de M. Petitot.

mission de l'instruction publique, et en 1821 il réunit
à ce titre celui de conseiller de l'Université. Il fut
enfin promu en 1824 aux fonctions de directeur de
l'instruction publique. M. l'évêque d'Hermopolis,
grand-maître de l'Université de France, ancien ami
de M. Petitot, l'honoroit de toute sa confiance; et
il en étoit digne par ses vastes connoissances, par
son expérience dans les affaires, par la sage modération de son esprit, et par le soin religieux qu'il ap-
portoit à l'accomplissement de ses devoirs.

M. Petitot donna l'exemple d'un noble désintéres-
sement en refusant toute augmentation de traitement
lorsqu'il devint directeur de l'instruction publique.

Depuis quelques années les forces de M. Petitot
diminuoient, et ne pouvoient plus suffire à ses nom-
breux travaux. Il tomba dans un état de langueur qui
résista à tous les secours de l'art, et fut suivi d'une
maladie longue et douloureuse. Il trouva dans la re-
ligion les seules véritables consolations dont son état
pût être susceptible, et il succomba le 6 avril 1825,
emportant avec lui l'estime et les regrets de tous les
gens de bien. Il a été inhumé au cimetière du père
La Chaise, en la présence de M. l'évêque d'Hermopolis, et d'un grand nombre de fonctionnaires publics
et d'amis. M. Delvincourt, doyen de la Faculté de
droit, et membre du Conseil royal de l'instruction
publique, prononça sur sa tombe un discours funèbre.

dans lequel il se montra le digne interprète de tous ceux qui avoient connu cet homme vertueux.

Après avoir parcouru le peu de faits dont se compose la vie d'un homme de lettres, il nous reste à parler de ses ouvrages.

M. Petitot avoit cessé de travailler pour la scène française long-temps avant d'entrer dans la carrière de l'instruction publique, et il s'étoit occupé de compositions littéraires plus utiles et plus en harmonie avec la gravité de son caractère.

Il donna en 1802, avec monsieur son frère, une traduction aussi élégante que fidèle des tragédies d'Alfieri. C'est la seule qui existe dans notre langue.

En 1803 il publia une nouvelle édition de la *Grammaire générale de Port-Royal*, et il plaça à la tête de cet ouvrage d'Arnauld et de Lancelot un *Essai sur l'origine et sur la formation de la langue française*, discours remarquable, qui présente dans un cadre resserré le tableau complet de notre littérature depuis les temps les plus reculés jusqu'à nos jours. Tous les écrivains qui pendant six siècles ont contribué à former notre langue y sont judicieusement appréciés : l'auteur indique et caractérise tous ceux dont les travaux ont contribué d'abord à dégrossir et ensuite à perfectionner cette langue, destinée à devenir celle de l'Europe civilisée.

Les grands écrivains qui, dans le siècle dernier,

exercèrent sur les esprits une influence dont eux-
mêmes auroient déploré les tristes résultats s'ils avoient
pu en être les témoins, sont jugés dans ce morceau
littéraire avec une sage modération, qui, sans refu-
ser aucun des éloges dus à leur génie, jette sur les
fausses doctrines qu'ils ont proclamées et répandues
le blâme qu'elles ne cesseront point de mériter.

Pendant les années 1803 et 1804 M. Petitot donna
une édition du *Répertoire du Théâtre Français* en
23 vol. in-8°. Cette collection renferme les tragédies,
drames et comédies du second ordre qui sont restés
au théâtre depuis Rotrou. L'éditeur y a joint des notices biographiques et littéraires sur les auteurs, et
chaque pièce est accompagnée d'un examen. Ces morceaux, écrits avec autant de sagesse que de goût, of-
frent une suite curieuse de recherches et d'observa-
tions relatives à notre histoire littéraire; ils guident
avec sûreté le lecteur dans l'appréciation de nos ri-
chesses dramatiques. La première édition de ce bel
ouvrage, tirée à deux mille cinq cents exemplaires,
ayant été bientôt épuisée, M. Petitot en donna une
seconde en 1819 (1). Il y ajouta 1° quatre volumes de
pièces restées au théâtre, et composées par des au-

_____

(1) Cette nouvelle édition, qui est complète en 25 volumes in-8°, bien
que l'ancienne avec la partie supplémentaire en forme 27, a été publiée
par le libraire J.-L.-F. Foucault, rue de Sorbonne, n° 9, chez lequel on
trouve également les volumes du troisième ordre.

teurs morts depuis 1803; 2° huit volumes de pièces
du troisième ordre. Un discours préliminaire, con-
tenant des détails succincts sur les écrivains dont il
n'avoit pas été fait mention dans le premier recueil,
et sur leurs ouvrages, tient ici lieu de notices et
d'examens.

On doit encore à M. Petitot une édition des *OEuvres de Racine*, avec les variantes et les passages des
auteurs anciens que ce grand poëte a imités (Paris,
1807, 5 vol. in-8°), ainsi qu'une édition des *OEuvres
de Molière* (Paris, 1813, 6 vol. in-8°).

Les commentaires qui sont joints à cette édition
ont principalement pour objet de retracer l'état de la
société pendant le dix-septième siècle. Ainsi, dans un
discours préliminaire, M. Petitot passe en revue les
diverses professions; il expose les mœurs et les pré-
jugés de chacune d'elles, et le parti que Molière en
a tiré. Dans la vie du poëte, il présente les principaux
rapports sous lesquels on peut considérer ce grand
homme, les événemens qui se rattachent aux représentations de ses pièces, les intrigues auxquelles elles
donnèrent lieu. On y trouve avec les détails de sa vie
privée, qui influèrent beaucoup sur son talent, les
particularités de son existence littéraire. Dans les réflexions jointes aux pièces, l'éditeur développe les
idées indiquées dans le discours préliminaire, et il
en fait l'application à chaque comédie.

Pendant son séjour à Dijon, M. Petitot avoit tra-
duit *Don Quichotte* et les *Nouvelles* de Cervantes ;
les *Nouvelles* ont seules été imprimées. Sa famille
conserve le manuscrit de sa traduction de *Don Quichotte.*

Mais l'ouvrage le plus important de M. Petitot est
sans contredit la *Collection des Mémoires relatifs
à l'Histoire de France,* divisée en deux séries.

M. Petitot entreprit ce grand travail avec M. Alexan-
dre Petitot son frère ; ils commencèrent à le publier
en 1819. La première série étoit presque terminée,
et la seconde étoit parvenue au quarante-quatrième
volume, quand la mort nous a enlevé M. Petitot
l'aîné.

Messieurs Petitot ne se sont pas contentés dans
cette immense Collection de remplir scrupuleusement
les devoirs d'éditeurs en recherchant les textes les
plus authentiques, et en éclaircissant par des notes
les passages qui présentent de l'obscurité, ils y ont
joint des notices étendues sur les auteurs des divers
Mémoires ; et afin de lier les ouvrages qui laissoient
entre eux des lacunes, ils ont composé des morceaux
historiques destinés à servir d'introduction aux prin-
cipales époques de l'histoire de France, et à réunir
les ouvrages particuliers compris dans les deux séries. De cette manière, la Collection ne forme pour
ainsi dire qu'un seul corps d'histoire.

Lorsqu'un homme de lettres a été étranger au monde et à ses intrigues, sa vie est presque tout entière dans ses ouvrages. Nous venons d'indiquer sommairement ceux de M. Petitot : tous ceux qui l'ont particulièrement connu diront quelle étoit sa douceur, sa modestie, sa droiture, et jusqu'à quel point il possédoit cette parfaite égalité d'ame qui est le principal caractère de l'homme de bien.

L. J. N. Monmerqué.

Juin 1827.

FRAGMENT

TROUVÉ DANS LES PAPIERS DE M. PETITOT.

Le sujet de la tragédie dont je m'occupois étoit mal choisi. N'ayant encore aucune idée des passions, j'avois préféré le genre admiratif. Camille délivrant les Romains renfermés dans le Capitole, après avoir éprouvé leur injustice, me paroissoit un des héros de l'antiquité les plus propres à faire de l'effet au théâtre. Pour lier une fable tragique, je fus obligé de rapprocher une multitude d'époques éloignées ; je ne conservai pas la règle des unités ; et, me livrant à une dangereuse facilité, je fis un monstre dramatique. Les vers ne m'avoient presque rien coûté ; aussi mon style étoit-il lâche et diffus. Quelques personnes à qui je me hasardai de lire des scènes de ma tragédie ne m'encouragèrent pas ; cependant elles crurent que mon âge pouvoit donner des espérances, et l'une d'elles me présenta à Saint-Prix, comédien français. Cet acteur ne ressembloit pas à ses camarades : forcé par les circonstances à entrer au théâtre, ses mœurs s'y étoient conservées pures, et il avoit toutes les qualités d'un honnête homme. J'eus souvent à me féliciter d'avoir été adressé à lui.

Il me reçut poliment, lut quelques scènes de ma tragédie, en blâma le plan et le style, et m'engagea à traiter un autre sujet. Sa franchise me toucha, je reconnus la justesse de ses critiques, et je formai le dessein de me lier avec lui.

Je fus tourmenté par mes réflexions jusqu'au moment

où j'eus trouvé un autre sujet : ceux que j'avois eus en vue
se rapprochoient trop des mauvaises combinaisons de ma
première pièce ; j'y avois renoncé. Je pris le parti d'étu-
dier Homère et les poëtes grecs, ces mines fécondes de la
bonne tragédie. Je remarquai qu'elles avoient été déjà beaucoup exploitées : cependant je ne désespérai pas d'y trouver
encore quelque trésor. Je m'arrêtai sur l'Hécube d'Euri-
pide, qui n'avoit pas encore été mise avec succès sur le
Théâtre Français. Je ne considérai point que ce sujet pré-
sentoit une double action, qu'il ressembloit à Iphigénie
en Aulide, et qu'il ne m'offroit presque que des lieux
communs. Je travaillai à cette pièce avec mon ardeur ac-
coutumée ; je la resserrai dans les limites de trois actes, et
au bout de quelques mois je la crus en état d'être lue.

Elle offroit quelques progrès dans la versification ; cependant j'étois loin d'avoir encore cette force de style
qu'on exige avec raison dans la tragédie. Je m'aveuglois,
comme on peut le croire, sur mes défauts : ce ne fut
qu'à un âge plus avancé que je reconnus que cette pièce
n'étoit digne ni de la représentation ni de l'impression.
On excusera ma vanité en faveur de mon âge, et surtout quand on verra l'accueil que lui firent les comédiens
français.

Une certaine couleur antique répandue dans cet ouvrage fit penser aux personnes que je consultai qu'il
pourroit obtenir quelque succès : Saint-Prix m'en parut
content. Je demandai donc officiellement une lecture aux
comédiens français. Voici quels étoient alors les régle-
mens pour la réception des pièces : on confioit d'abord la
pièce au souffleur, qui remplissoit les fonctions de secrétaire ; il l'examinoit, et décidoit si elle étoit digne d'être
lue par les semainiers. Ce second tribunal étoit composé
de deux comédiens. Au Théâtre Français, chaque acteur
remplissoit cette fonction pendant une semaine ; elle ré-
pond à celle de directeur : la principale occupation des

semainiers étoit de former le répertoire. Ces deux comédiens examinoient la pièce approuvée par le souffleur, et décidoient, dans un avis écrit et motivé, si elle devoit être présentée au comité.

J'obtins sans difficulté les suffrages de ces deux tribunaux : les comédiens ont plutôt trop d'indulgence que trop de sévérité. La chose la plus difficile étoit de faire fixer un jour pour ma lecture au comité. J'avois dix-neuf ans, je manquois de toute espèce d'appui : il n'étoit pas aisé de réunir quatorze ou quinze comédiens français pour entendre l'essai d'un aussi jeune homme. Les délais éternels ne me découragèrent pas : ils durèrent six mois. Chaque jour de répertoire on me promettoit de m'entendre le mardi suivant; j'étois exact au rendez-vous, et d'autres affaires faisoient remettre ma lecture.

Enfin le 4 août 1792 j'obtins cette lecture si désirée. Il faudroit avoir mon caractère, et la passion qui me tourmentoit, pour se faire une idée de mes angoisses. J'avois la foiblesse de croire que ce jour alloit décider de mon sort; je ne sais pas si j'aurois pu supporter un refus. Cependant la vue de l'assemblée qui alloit me juger me rassura un peu. Il faut rendre cette justice aux comédiens d'autrefois, qu'ils avoient pour les auteurs la plus grande politesse, surtout si ces derniers se respectoient assez eux-mêmes pour ne se permettre aucune familiarité, et pour ne pas s'abaisser devant leurs juges. Jamais la comédie française n'avoit eu un plus grand nombre de jolies femmes : elles me firent l'accueil le plus agréable; ma grande jeunesse parut les intéresser, et je ne crus pas avoir beaucoup à craindre de cet aimable aréopage.

Je commençai ma lecture d'une voix foible; quelques murmures d'applaudissement que la première scène excita m'encouragèrent; j'avois déjà fait couler des larmes avant la fin du premier acte. On peut présumer que je me livrai alors à tout mon enthousiasme; les comédiens parurent

b

partager mon ivresse ; c'étoit à qui me donneroit de l'eau
sucrée. Ma lecture achevée, je crus être sûr de la réception ; l'émotion que j'avois inspirée me répondoit des suffrages. On alla aux voix : voici comment cela se prati-
quoit. Le secrétaire distribuoit une feuille de papier à
chaque comédien ; l'auteur ne se retiroit pas. Tous les
juges écrivoient leur avis, et le motivoient; trois conclusions
leur étoient permises : *réception entière, réception à correction, refus.* La réception à correction n'étoit considérée
que comme un refus poli ; la comédie ne s'engageoit à
rien, pas même à donner les entrées. Seulement, pour ne
pas décourager un jeune homme en qui elle reconnoissoit
du talent, elle se servoit de cette formule, moins dure
que celle du refus.

Lorsque le souffleur eut réuni tous les bulletins, il m'en
fit la lecture. Je les trouvai plus flatteurs encore que je ne
m'y étois attendu ; les femmes surtout m'accabloient d'é-
loges; elles disoient toutes que je les avois fait pleurer : un
seul bulletin, moins indulgent et plus sage, jugeoit ma
tragédie avec sévérité. *L'auteur*, disoit-on, *annonce du talent ; mais son sujet est mal choisi, il y a double action, et
le dénouement est vicieux. Mon avis est de recevoir la pièce
à correction.* Je trouvai, comme on le pense, ce bulletin
injuste, quoiqu'il fût le seul bon ; les louanges que me
donnoient les autres me consolèrent de ce petit désagré-
ment. Je sus depuis que l'auteur de ce bulletin étoit le
gros Désessarts, le meilleur juge qu'eût alors la Comédie
française. Il avoit été procureur une partie de sa vie; je ne
sais quelle folie lui avoit fait prendre la carrière du théâtre : il s'y distinguoit, dans les rôles à manteau, par un
naturel et une bonhomie que je n'ai vus qu'à lui. Quelque
temps après il me dit lui-même le jugement qu'il avoit
porté sur ma pièce : je commençois à être de son avis.

Ma tragédie fut donc reçue à l'unanimité moins une
voix; on me donna mes entrées, et l'on me promit de re-

présenter mon ouvrage au commencement de l'année sui-
vante : on peut aisément se figurer quel effet un pareil
accueil produisit sur un jeune homme de mon âge. Ma
joie m'ôtoit presque la raison; j'en fis part à mes amis,
qui la partagèrent : à cet âge on connoît peu la jalousie.

J'ai souvent réfléchi sur cette indulgence excessive des
comédiens français à mon égard : j'ai cru en trouver la
raison. La révolution les avoit divisés comme les autres
corps. Un petit nombre d'entre eux, excités par les jacobins, s'étoient séparés de la troupe, et avoient fondé un
autre théâtre dans la rue de Richelieu. Tous les anciens
auteurs dramatiques qui prétendoient avoir à se plaindre
des comédiens français leur avoient retiré leurs pièces, et
s'étoient déclarés publiquement les protecteurs du théâtre
nouveau. Dans cette circonstance, il étoit naturel que la
Comédie française encourageât les jeunes auteurs qu'elle
croyoit en état d'orner son répertoire de nouveautés. C'est
de cette manière que je crois pouvoir expliquer l'accueil
qu'elle me fit.

La catastrophe du 10 août arriva six jours après la réception de ma pièce. Pendant l'espace de temps qui s'é-
toit écoulé entre la réception d'*Hécube* et l'époque fixée
pour sa représentation, il s'étoit passé bien des événemens.
Les massacres du 2 septembre avoient eu lieu, le Roi
avoit été enfermé au Temple, et avoit péri sur l'échafaud.
Quoique le moment fût terrible, la Comédie française me
tint la parole qu'elle m'avoit donnée. Ma tragédie étoit
alors devenue une pièce de circonstance. Hécube, veuve
d'un roi assassiné et prisonnière de ses ennemis, avoit
beaucoup de rapport avec la Reine; Polydore pouvoit re-
présenter le Dauphin; et Polyxène, un peu plus âgée que
son frère, faisoit une allusion très-juste à la princesse fille
de Louis xvi. Il falloit que le pouvoir des jacobins fût
établi pour que la famille royale de France pût être com-
parée à celle de Priam.

Mes amis me représentèrent l'extrême danger que j'allois courir : je ne fus point effrayé. Mon inexpérience me faisoit espérer que le tableau des malheurs d'Hécube pourroit exciter quelque compassion pour notre Reine infortunée ; les comédiens partageoient mon aveuglement. Les rôles furent distribués ; on fit faire de très-belles décorations, et les répétitions commencèrent.

Ce fut là que l'idée favorable que j'avois de ma pièce commença à s'affoiblir.

(Le manuscrit s'arrête ici.)

Paris, imprimerie de A. BELIN, rue des Mathurins S.-J., n°. 14.

www.ingramcontent.com/pod-product-compliance
Lightning Source LLC
Chambersburg PA
CBHW061413170626
46811CR00005B/1978